AF349659

CATALOGUE

DE

TABLEAUX

ÉTUDES ET DESSINS

PAR

Feu Jules HÉREAU

DONT LA VENTE AUX ENCHÈRES PUBLIQUES AURA LIEU

HOTEL DROUOT

SALLE N° 3

Les Vendredi 20 et Samedi 21 Février 1880

A DEUX HEURES ET DEMIE PRÉCISES

Par le ministère de Me **Léon TUAL**, Commissaire-Priseur
SUCCESSEUR DE Me BOUSSATON
rue de la Victoire, 39,

Assisté de **MM. MARTIN** et **PASCHAL**, Experts, rue St-Georges, 29,

CHEZ LESQUELS SE DÉLIVRE LE CATALOGUE.

EXPOSITION PUBLIQUE

Le Jeudi 19 Février 1880, de deux heures à cinq heures et demie.

CONDITIONS DE LA VENTE

—

Elle sera faite au comptant.

Les Adjudicataires paieront CINQ POUR CENT en sus des enchères.

Jules HÉREAU

Né à Paris, le 29 août 1829, Jules HÉREAU, l'aimable et sincère paysagiste, y est mort le 26 juin 1879, le lendemain d'une de ces déceptions suprêmes dont la vie d'un artiste est trop souvent semée.

Son père, homme de lettres, n'avait point contrarié ses premiers désirs d'entrer dans la carrière artiste.

En 1846, HÉREAU était admis à l'atelier Lebas et suivait les cours d'architecture à l'École des Beaux-Arts.

Ses camarades ont gardé le souvenir de la vivacité de son imagination. Il concevait facilement et exécutait avec goût ses dessins, mais, né plutôt décorateur que constructeur il reconnut lui-même que son esprit était peu fait pour la mathématique et son caractère pour les exigences d'une clientèle. Il cessa de fréquenter l'atelier.

La peinture convenait mieux à son esprit prompt à voir les conclusions des choses et à les parer.

M. Charles Jacque, dans l'atelier duquel il fit ses premiers essais de peinture, après avoir fait des études suivies chez M. Robert-Fleury, put vite reconnaître en lui plus qu'un élève intelligent, un artiste qui allait donner sa note originale.

En 1863, nous rencontrons en Bretagne HÉREAU émancipé. Il eut, comme tous les artistes qui vont de l'avant et ne se recommandent pas directement des professeurs de l'École, quelques premiers démêlés avec le jury. Une fois même, je crois, il fut reçu sans être admis, et eut le crève-cœur d'aller reprendre une toile qui avait figuré sur les épreuves du livret. Mais ces aventures fâcheuses aiguillonnent plus qu'elles n'abattent la belle jeunesse.

HÉREAU persista et fut reçu pour de bon.

Le premier de ses envois qui attira l'attention fut *le Berger et la Mer*, au Salon de 1865. HÉREAU fut médaillé et le tableau, acheté par l'État, fut envoyé au Musée de Montpellier. Trois ans après, il obtenait une seconde médaille pour le tableau *Les Ramasseurs de varech sur les côtes de Bretagne*, actuellement au Musée du Havre, et, pour une étude spirituellement naturaliste, rendue avec un goût très-fin du paysage parisien : *Un Temps de neige à Paris*. On a beaucoup remarqué de lui aussi : *Une Étude*, la Station des omnibus sur la place des Batignolles.

Il fut le précurseur original des peintres, en vogue aujourd'hui, de ce que l'on pourrait appeler le *Paysage urbain*. Il peignit, avec une rare intelligence et une poésie toute moderne, la *Rue parisienne* et, plus tard, le *Fleuve britannique,* leur caractère spécial de vie ensoleillée ou brumeuse.

Sans être précisément décorateur, HÉREAU imprimait aux panneaux un caractère décoratif particulier.

Tout Paris s'amusa d'un procès qu'il intenta à la famille Scribe, à propos de natures mortes peintes dans la salle à manger d'un hôtel, et dans lesquelles on voulait qu'il substituât à un melon un bouquet de roses. Le tribunal nomma des experts : ils jugèrent que l'artiste a sa dignité à sauvegarder et lui allouèrent la somme qu'il réclamait.

En 1876, HÉREAU revenait de Hollande et d'Angleterre. Il en avait rapporté des Études vives et senties et des Compositions où son talent s'élargissait sensiblement.

Il y avait, de lui, au dernier Salon, une *Embouchure de la Seine* et des *Rives de la Meuse.*

Il avait espéré que l'Administration achèterait au moins une de ses toiles, d'une donnée très-franche. Il fut cruellement déçu.

Outre ce que nous avons cité, l'État a encore envoyé de lui, au Musée de Besançon, la *Rentrée des moutons au parc.*

Le nombre des amateurs de sa peinture spirituelle et indicative, — amateurs d'élite, on peut le dire, qui obéissent à la sincérité de leur goût, — était grand, et croissait chaque année.

Nous nous rappelons, dans le cabinet de M. Antonin Proust, un *Souvenir du siége de Paris,* bien émouvant dans sa sobriété d'effet : la *Batterie de marine* qui couronnait la butte Montmartre et qui commandait la plaine Saint-Denis.

En général, il aimait les paysages plats que coupe un chemin gris, les vaches qui tachètent les pâturages normands, les troupeaux qui s'égrènent dans les prairies du Berry, les falaises au gazon râpé, au-dessus desquelles monte la bande bleu lapis de l'Océan, et surtout ces hauts ciels de la Manche rayés transversalement par la lourde fumée d'un vapeur. Ses motifs étaient toujours choisis avec un sens bien artiste. Ses études précises, condensées, très-fraîches, seront relativement aussi recherchées que ses tableaux.

HÉREAU était, dans la vie comme dans sa peinture, un nerveux et un convaincu ; un rien l'abattait. Son ardeur au travail faisait bouillonner son imagination. Il était railleur, mais sensible, s'exaltait aux illusions, mais se montrait plein de dévouement.

Le poids des années eût calmé cette nature si dépensière de sa verve, de son cœur et de son talent. Nous l'avons compté pour ami et nous pouvons, en toute loyauté, témoigner de la droiture de son caractère.

PH. **BURTY.**

Février 1880.

8 — Bords de la Tamise (Margate).

9 — Pêcheuses de Cancale.

10 — L'Ane de la laitière.

11 — Pâturage. Côte de Grâce (Calvados).

12 — L'Heure du repos. Parc à moutons

13 — Pêcheuses de crevettes (Cancale).

14 — Pâturage (Normandie).

15 — Les Bateaux de Berck. Retour, matin.

16 — Quai des Mouliers (Honfleur).

17 — Shepherd. Le Berger anglais.

18 — Vache blanche couchée (Normandie).

19 — La Douane (Londres).

20 — La Boutique aux langoustes (Grand-camps).

21 — Le Clos Derval-Vasouy (Calvados).

22 — Ile Saint-Ouen.

23 — Les deux Amis. Grève de Villerville.

24 — La Mare de la cour Louédin (Honfleur).

24 *bis* — Barque de pêche (Poudreux).

25 — Plage de Cancale. Lever de lune.   *525*

26 — Herbage à Quetteville.   *260*

27 — L'Arrivée du poisson (Berck).   *140*

28 — Bords de la Tamise. Pâturage.   *310*

29 — Bords de la Meuse (Hollande). Salon de 1879.   *600 D. ferme*

30 — Les Canards (Embouchure de la Seine). Salon de 1879.   *600*

31 — L'Arrivée de la marée (Berck).   *190*

32 — Moutons à tête noire. Comté de Keut (Angleterre).   *455*

33 — Barque prenant le large. Gros temps. (Berck).   *210*

34 — Bergère et Troupeau (Normandie).   *470*

35 — Vaches au bord de la Meuse (Hollande). Réduction du tableau du Salon de 1879.   *470*

36 — L'Arrivée des barques de pêche (Etaples).   *200*

37 — Herbage. Automne (Normandie).   *400*

38 — Plage de Honfleur.   *150*

38 *bis* — Marine (Grancamps).   *90*

39 — Fin de pêche (Berck).

40 — Le Clos des Pommiers. Pâturage (Normandie).

41 — La Tamise, avant les docks (Limehouse).

42 — Ramasseur de varech (Grandcamps).

43 — Les Vaches du clos Derval (Honfleur).

44 — Herbage anglais (Limehouse).

44 *bis* — La Flottille des bateaux de pêche du Poudreux.

45 — Agneaux et Brebis (Honfleur),

46 — La Rivière du clos Duval (Pennedepie).

47 — Embouchure de la Seine. Réduction du tableau du Salon de 1879.

48 — Femme de Granville,

48 *bis* — Au Poudreux (Marine).

48 *ter* — Le Souffleur (Marine).

49 — La Provende des poules.

50 — Les Vendanges d'Argenteuil.

51 — Le Berger et la Mer.

51 *bis* — Marine (Honfleur).

52 — L'Épi de la houle (Cancale).

53 — La Ferme de Barbizon (Soleil couchant).

54 — La Tamise avant London-Bridge.

55 — La Bergère assise (Honfleur),

56 — L'Herbe d'autrui.

57 — Devant Honfleur.

58 — Saulée (Normandie).

59 — Cour de l'Hôtel des armes de France.

60 — Le Brise-Lames (Cancale).

61 — Le Ratier à Villerville.

62 — Toit à Cochon (Penedepie).

63 — Granvillaise et son Ane.

64 — La Tamise à Gravesend (Angleterre).

65 — La Fin du jour. Pêcheurs de Grandcamps.

66 — Retour de pêche (Cancale).

66 *bis* — Place Clichy. Vue d'une fenêtre. (Temps de pluie(.

66 *ter* — Embarquement de chevaux (Honfleur)

67 — Bateaux de pêche (Cancale).

ÉTUDES

—

68 — Ramasseurs de varech. Pour le Tableau du Musée du Havre.

68 *bis* — Vaches au pâturage.

69 — Les Bruyères.

70 — Pâturage (Côte de Grâce).

71 — Pêcheuse de Cancale.

72 — Clos à Saint-Siméon (Honfleur).

73 — Bœuf au joug (Bretagne).

74 — Côte d'Argenteuil.

75 — Les Trois Saules (Berry).

76 — Bords de l'Oise.

77 — Vaches couchées.

78 — Pêcheur (Douarnenez).

79 — Le Bât bleu. Ane.

79 *bis* — Marine (Saint-Waast).

98 — Plage de Scheveningue (Hollande).

99 — Fisch-Market (Londres).

100 — Midi. Parc à moutons.

101 — Côte d'Orgemont.

102 — Femmes de pêcheurs (Cancale).

103 — Cancalaise.

104 — Vache.

105 — Jument et Poulain.

106 — La Vanne.

107 — Paysage. Soir.

108 — Vendanges d'Argenteuil.

109 — Plage à Honfleur.

110 — Cheval percheron.

111 — Plage (Villerville).

112 — Soleil couchant (Villerville).

113 — La Tamise à Londres.

114 — Têtes de mouton.

115 — Paysage normand.

115 *bis* — Cheval de mareyeurs (Bretagne).

116 — Le Lavoir Toutin. (Honfleur).

117 — Moutons.

118 — Lavage des moutons.

119 — Printemps (Clos normand).

120 — Écuries de ferme.

121 — Barques de Douarnenez.

122 — Vaches à l'herbage.

123 — Lavage des moutons. (Grisaille).

124 — Au pâturage.

125 — Le Moulin blanc. Érith (Angleterre).

126 — Idylle champenoise.

127 — L'Ane gris.

128 — Moutons dans la plaine.

129 — Toiles non cataloguées.

130 — Chemin tournant (Berry).

131 — Cancalaise.

132 — Soldat moissonneur.

133 — Soldat moissonneur.

133 *bis*   Cheval pie.

134 — **Feyen-Perrin**. Marée basse.

135 — **Feyen-Perrin**. Près de Douarnenez.

135 *bis* — **Breton** (Jules). La Fermière.

DESSINS ET AQUARELLES

136 — Barques de pêche (Dessin teinté).

137 — Paysage, effet du soir (Aquarelle).

138 — La Visite du berger (Fusain rehaussé).

139 — Femme portant un seau.

140 — Bœufs et Cheval attelés.

141 — Paysage au bord de la mer (Dessin à la plume).

142 — Une Chambre à Barbizon (Crayon rehaussé).

143 — La Cueillette (Peinture à l'essence).

144 — Têtes de mouton (Gouache).

145 — Le Cheval sur la falaise (Victor Hugo).

146 — Maison rustique.

147 — Clos du Père Brize.

148 — Les Travaux des champs (Dessin rehaussé).

149 — La Charrette de la laitière.

150 — Retour des champs.

151 — Le Chemin de la ferme (Dessin à la
plume).

152 — Mon âne (Pour le sonnet de Léon Cladel).

153 — Berger breton. Étude pour le berger et
la mer.

154 — Projet de décoration pour le cabinet de
M. Scribe.

155 — Plage de Honfleur.

156 — Après la pluie.

157 — Entrée de ferme (Dessin rehaussé).

158 — Le Ruisseau (Aquarelle).

159 — Lever de soleil sur la mer (Aquarelle).

160 — Poules et Canetons (Aquarelle).

161 — Plage de Pennedepie (Honfleur).

162 — Coin de cour à Barbizon (Fusain).

163 — Coup de vent (Dessin à la plume teinté).

164 — Paysage.

165 — La Ronde du Berger (Aquarelle).

166 — Sainte Anne de la Palude.

167 — Sainte-Anne de La Palude.

168 — Chevaux de halage (Aquarelle).

169 — Charrette de maraîchers (Peinture à l'essence).

170 — Vaches au champs.

171 — Bergère et Berger (Croquis à la plume).

172 — Forêt de Fontainebleau (Aquarelle).

173 — Abreuvoir. Quai de la Seine (Croquis à la plume).

174 — Cour de l'Hôtel des Armes de France (Mine de plomb).

175 — Sur le pas de la porte (Fusain rehaussé).

176 — Jument et Poulain (Honfleur).

177 — Les Rouliers (Dessin teinté).

178 — Paysage (Croquis à la plume).

179 — Chevaux au pré.

18) Jument et Poulain.

181 — Les Bergers du Poudreux.

182 — Chevaux de labour (Croquis à la plume).

183 — Le Bûcheron et la Mort (Peinture à l'essence).

184 — Pêcheurs d'esquilles.

185 — Huit feuilles de croquis (Chevaux et Anes).

186 — Sept feuilles de Croquis (Charrue, Bac, Bateaux).

187 — Dix feuilles de Croquis (Paysages rehaussés).

188 — Dix feuilles de Croquis (Figures).

189 — Quatre feuilles de Croquis (Laboureurs).

190 — Huit feuilles de Croquis (Compositions diverses).

191 — Six feuilles de Croquis (Chevaux et Chèvres).

192 — Huit feuilles de Croquis (Figures).

193 — Cinq feuilles de Croquis (Calques).

194 — Un lot de Photographies.

195 — Un lot de Toiles et Croquis (Ce lot sera divisé).

Vᵉᵉ Renou Maulde et Cock, imprs de la Compagnie des Commissaires-Priseurs, rue de Rivoli, 144.
4300